D0594435

L'HOMME-CHEVAL

Hachette Livre, 58, rue Jean Bleuzen 92178 Vanves Cedex.

Adam Blade

Adapté de l'anglais
par Blandine Longre

L'HOMME-CHEVAL

hachette
JEUNESSE

TOM

Tom, le héros de cette histoire, aime l'action et l'aventure : il a toujours voulu devenir chevalier. Sa mission est risquée, et il lui arrive d'avoir peur... mais il sait aussi se montrer très malin ! Par chance, il peut compter sur son amie Elena, sur son cheval Tempête, et sur son épée, dont il se sert très bien. Son rêve le plus cher : retrouver son père, qu'il n'a jamais connu.

ELENA

Cette jeune orpheline accompagne Tom dans ses aventures. Courageuse, astucieuse, et plutôt têtue, elle est experte au tir à l'arc. Elle a tendance à se fâcher, surtout si Tom la taquine ! Mais elle n'abandonne jamais ses compagnons quand ils sont en danger. Avant de rencontrer Tom, son seul ami était Silver, un loup. Très attachée à Silver, elle s'inquiète souvent pour lui... parfois un peu trop !

Bienvenue à Avantia !

Je m'appelle Aduro.
Je suis un bon sorcier et je
vis au palais du roi Hugo.

Les temps sont difficiles.
Dans les Textes Anciens, il est
écrit qu'un jour, un grand
danger menacera notre
paisible royaume.

Ce jour est venu.

Malvel, un sorcier maléfique, a jeté un sort
aux six Bêtes qui protègent notre territoire. Ferno,
le dragon de feu, Sepron, le serpent de mer, Arcta,
le géant des montagnes, Tagus, l'homme-cheval,
Nanook, le monstre des neiges et Epos, l'oiseau-
flamme, cherchent à détruire notre royaume.

Mais les Textes Anciens prédisent aussi qu'un
jeune garçon délivrera les Bêtes.

Nous ne connaissons pas encore ce héros, mais
nous savons que son heure approche… Espérons
qu'il ait le courage d'entreprendre cette Quête.

Souhaites-tu attendre son arrivée avec nous ?

Avantia te salue.

Aduro

Le royaume d'Avantia est menacé par les
Bêtes magiques ensorcelées par Malvel.
Heureusement, Tom est prêt à tout pour
sauver Avantia. Accompagné d'Elena,
il réussit à délivrer Ferno le dragon,
puis Sepron, le serpent de mer.
Leur dernière aventure les mène dans
les montagnes, où Arcta le géant
provoque de terribles chutes de pierre.
Une fois encore, c'est une victoire !

Mais il faut repartir à nouveau, car une
nouvelle mission attend Tom et ses amis…

Victor se réveille en sursaut. Il s'assoit et regarde autour de lui.

Le jour va bientôt se lever, mais il fait encore sombre. Le feu de camp qu'il a allumé avant de s'endormir est presque éteint. Le garçon observe les plaines et le troupeau de vaches qu'il garde.

Tout semble calme. Comme d'habitude.

« J'ai dû faire un cauchemar », pense-t-il.

Il s'allonge de nouveau.

Pourtant, il n'arrive plus à trouver le sommeil. Depuis une semaine, le bétail a déjà été attaqué trois fois. Et la nuit précédente, quatre veaux ont été tués.

Personne ne sait qui attaque les animaux. C'est un vrai mystère.

Victor tend l'oreille. Le vent caresse les herbes. Des criquets chantent doucement. Les vaches meuglent...

« Elles meuglent ? se dit-il soudain. Ça n'est pas normal ! Elles devraient dormir... »

Victor se rassoit et observe ses animaux, blottis les uns contre les autres. Ils protègent les veaux, regroupés au centre du troupeau. On dirait qu'ils ont peur de quelque chose...

Au même instant, un bruit de sabots résonne au loin.

Le troupeau s'agite. Victor se relève. Le bruit de sabots se rapproche !

Soudain, une énorme silhouette surgit de l'obscurité. Une Bête terrifiante...

Le monstre a le torse d'un être humain, mais le reste de son corps est celui d'un cheval !

Victor recule et trébuche.

La créature a les cheveux emmêlés et ses yeux semblent lancer des éclairs. Elle a l'air furieuse ! Elle se dresse sur ses pattes arrière et pousse un grognement féroce. Paniqué, Victor comprend qu'elle va charger !

Il essaie de s'écarter et plonge sur le côté, mais il n'est pas assez rapide. L'un des sabots du monstre frappe le crâne du garçon.

Victor s'écroule sur le sol.

La Bête traverse le feu de camp au galop. Les braises s'éparpillent et des étincelles volent de tous côtés. Aussitôt, l'herbe prend feu.

Victor, sonné, voit le monstre se précipiter vers le troupeau. Les animaux terrifiés sont sans défense !

Mais la douleur oblige le garçon à fermer les yeux. Et tout devient noir autour de lui.

Chapitre un

Des sabots par milliers

Ça, c'était de l'aventure ! s'exclame Tom.

Le garçon est bien installé sur Tempête, son cheval. Comme d'habitude, son amie Elena est assise derrière lui. Malgré sa fatigue, Tempête continue d'avancer, tandis que Silver, le loup d'Elena, trotte tranquillement derrière lui.

— J'ai cru que j'allais rester piégée dans cette grotte, répond la jeune fille. Arcta avait l'air si furieux !

— Moi aussi, je serais furieux si un sorcier comme Malvel m'avait ensorcelé pour faire de moi son esclave ! Arcta est libre, maintenant. Et la région a retrouvé sa tranquillité.

— C'est vrai. Mais n'oublie pas qu'on est partis en quête d'une autre Bête… dit Elena.

— Je le sais bien ! répond Tom.

Le jeune héros pose la main

sur le pommeau de son épée. Il se souvient des dangers qu'il a affrontés jusqu'ici. Ferno, le dragon de feu. Sepron, le serpent de mer. Arcta, le géant des montagnes... Il repense à son père, Taladon l'Agile, qu'il n'a plus revu depuis des années. Serait-il fier de son fils ?

« Tant que je serai en vie, songe le garçon, j'essaierai de retrouver mon père ! »

Mais il doit d'abord remplir la mission que le roi Hugo et le sorcier Aduro lui ont confiée. Il ne peut pas les laisser tomber, car le royaume est en danger.

— Pourvu qu'on réussisse… dit soudain Tom.

— Je te rappelle que je suis là pour te protéger ! répond Elena en riant.

Tom jette un coup d'œil par-dessus son épaule et sourit à son amie.

— Tu sais, je suis vraiment content de t'avoir rencontrée… Sans toi, je n'aurais pas pu affronter tous ces dangers.

Il arrête son cheval et sort la carte magique de sa poche. Une ligne rouge et brillante indique la route à suivre. Elle part des montagnes et se dirige vers les plaines, où des vaches minuscules se déplacent.

— On n'est plus très loin, constate Tom.

Il range la carte et fait signe à Tempête de repartir.

— Je me demande à quoi ressemble le monstre que nous cherchons… D'après Aduro, il est moitié humain, moitié cheval, dit Elena.

— Il s'appelle Tagus, et il s'attaque au bétail…

Ils arrivent au sommet

d'une colline. Les Grandes Plaines s'étendent devant eux. Les herbes ondulent dans le vent. Une rivière serpente entre des bosquets d'arbres. Au loin, un lac scintille. Silver dresse les oreilles et renifle l'air.

— C'est vraiment beau ! s'écrie Elena.

— Et tout a l'air calme. Regarde, ajoute Tom, un doigt tendu vers le lointain. Une ville !

On distingue quelques tours grises et des toits couverts de tuiles rouges.

— Allons-y ! s'exclame Elena.

Tempête descend la colline au trot. Silver aboie joyeusement et court si vite qu'il les dépasse, avant de disparaître dans les hautes herbes. On ne voit plus que le bout de sa queue.

Soudain, Tom aperçoit un troupeau de vaches qui se dirigent vers eux... au galop !

— Elles viennent droit sur nous ! s'écrie-t-il.

— Silver est en danger ! hurle Elena.

Elle siffle pour rappeler le

loup, qui les rejoint à toute allure. Aussitôt, Tom fait galoper Tempête en direction de la ville.

Mais le bétail gagne du terrain. Tom regarde par-dessus son épaule : c'est un troupeau énorme ! Des centaines d'animaux qui piétinent tout sur leur passage et font trembler le sol sous leurs sabots.

— Plus vite, Tempête ! hurle Tom.

Mais tout à coup, le cheval s'immobilise.

— Avance ! s'écrie le garçon. On est presque...

Au même instant, il entend un craquement. Il lève les yeux et comprend pourquoi Tempête s'est arrêté.

Un mur de flammes se dresse devant eux.

La prairie est en feu !

Chapitre deux

Piégés !

Devant eux, les hautes herbes sont en flammes… derrière eux, le bétail arrive au galop !

Comment s'en sortir ? Tom sait que son bouclier ne pourra pas les protéger du feu tous les quatre.

Une seule solution : rejoindre le troupeau et le suivre. Le garçon oblige Tempête à faire demi-tour et à s'élancer vers le bétail affolé.

Ils parviennent à entrer dans le troupeau et à se mêler aux animaux. Bientôt, ils s'éloignent des flammes qui envahissent la prairie.

— À gauche ! s'écrie Tom, en tirant sur les rênes de son cheval.

Ils réussissent à sortir du troupeau et galopent jusqu'à la colline la plus proche.

— Il faut arrêter l'incendie avant qu'il atteigne la ville ! hurle Elena.

Tom met pied à terre.

— Emmène Tempête et

Silver de l'autre côté de cette colline, vous serez en sécurité. Moi, je vais voir ce que je peux faire.

Il court vers le feu, dégaine son épée et se met à couper les herbes pour empêcher le feu d'avancer plus loin. Il tient son bouclier devant lui : il sait que l'écaille de dragon que Ferno lui a donnée le pro-tège. Et son plan fonctionne : les flammes s'éteignent peu à peu.

Épuisé, Tom s'écroule sur le sol. Son visage est noirci et la fumée le fait tousser.

Inquiète, Elena se précipite vers lui et lui donne un peu d'eau.

— Tout va bien, le rassure-t-elle.

Au même instant, un cri résonne derrière eux.

— Le voilà !

Tom lève les yeux et voit des hommes s'approcher de lui.

— Attrapez-le ! lance l'un d'eux.

— Elena, va te cacher ! crie Tom.

La jeune fille part en courant.

Un instant plus tard, une

troupe d'hommes armés de fourches et de bâtons entoure Tom.

— Qu'est-ce que vous voulez? demande le garçon, surpris. Je n'ai rien fait de mal…

Mais les hommes, furieux, refusent de l'écouter. L'un d'eux lui attrape le bras.

— Où est Victor?

— Regardez, il a le visage noir de fumée! dit un autre homme. C'est lui qui a mis le feu à la prairie!

— Et qui a fait fuir le bétail! s'écrie un troisième.

— Qui… qui est Victor?

Qu'est-ce que vous racontez? bafouille Tom.

Il serre très fort son épée et son bouclier, quand soudain, l'un des hommes les lui arrache des mains.

Un homme de haute taille, au visage sévère, s'avance jusqu'à Tom.

— Je suis Adam, le chef des gardes de la ville. Mon fils Victor a disparu. Il devait surveiller le troupeau. Est-ce que tu l'as vu?

— Non, répond Tom, le cœur battant. Je viens du nord du royaume. Et je n'ai rien fait, à part éteindre l'incendie !

— Il ment ! s'exclame un homme.

Deux autres l'attrapent par les bras et le secouent brutalement.

— Tu refuses de dire la vérité ? On va s'occuper de toi !

Chapitre trois

Prisonnier !

Quand Tom entre dans la ville, le soleil est déjà couché. Adam et les autres hommes l'obligent à avancer dans les rues étroites et sombres. Tom comprend qu'il ne peut pas s'enfuir : ils sont trop forts et trop nombreux.

— Pourquoi est-ce que vous ne voulez pas m'écouter ? dit-il d'un ton suppliant.

— Qu'est-ce que tu faisais dans la plaine ? demande le chef des gardes.

Mais le garçon ne peut rien expliquer : sa quête doit rester secrète, il l'a promis à Aduro.

La troupe s'arrête devant un bâtiment surveillé par deux gardes. Adam se retourne vers les hommes.

— Rentrez chez vous, leur ordonne-t-il. Si ce garçon sait ce qui est arrivé à Victor, il sera bien obligé de l'avouer.

Adam ouvre la porte et pousse Tom à l'intérieur. Le garçon se retrouve dans une grande pièce, éclairée par une lampe à huile. Le chef des gardes l'entraîne dans un long couloir bordé de lourdes portes.

Tom sent la peur l'envahir.

Adam prend un trousseau de clés accroché à sa ceinture et ouvre la dernière porte. Puis, il saisit Tom par le bras et le jette dans une cellule.

— Je t'interrogerai demain matin, lui dit le chef des gardes. Après une bonne nuit en prison, je suis sûr que tu diras la vérité !

Il sort et verrouille la porte
derrière lui.

Tom frissonne. S'il n'arrive
pas à prouver qu'il est inno-

cent, le chef des gardes ne voudra pas le libérer. Pourtant, il doit sauver Avantia! S'il reste enfermé dans cette prison, il ne pourra pas libérer Tagus, l'homme-cheval.

Il pense à ses amis, Elena, Tempête et Silver. Pourvu qu'ils ne soient pas en danger...

Il ne lui reste plus qu'une chose à faire: essayer de s'évader!

Chapitre quatre

L'évasion

« omment sortir d'ici ? » se demande Tom, découragé.

Les murs de la prison sont épais et solides… impossible de déplacer les blocs de pierre.

Soudain, il a une idée ! Il va demander à manger au garde et celui-ci sera obligé d'ouvrir la porte. Le garçon examine la serrure. La porte est verrouillée par un simple loquet qui s'enfonce dans le mur. Il sait ce qui lui reste à faire.

Il déchire un morceau de sa chemise. Son plan est simple : dès que la porte s'ouvrira, il enfoncera le bout de tissu dans le trou où entre le loquet. Comme ça, il pourra rouvrir la porte quand le garde sera parti…

— S'il vous plaît ! Ouvrez ! se met-il à crier.

Il entend des pas s'approcher lourdement de sa cellule.

— Qu'est-ce qui t'arrive ? demande l'homme.

— J'ai faim !

— Dans ce cas, il va falloir

que tu attendes demain matin !

— Mais ça fait des jours que je n'ai rien mangé ! s'exclame le garçon.

— Eh bien mange ta chaussure ! dit le garde en riant.

— Vous n'avez pas le droit de me laisser mourir de faim ! hurle Tom. La loi d'Avantia interdit de maltraiter un prisonnier !

Tom entend le garde qui s'éloigne. Il colle son oreille contre la porte et attend. L'homme revient quelques minutes plus tard. Le garçon pose ses doigts contre le mur, près de la serrure.

L'homme entrouvre la porte. Aussi vite que possible, Tom glisse le morceau de tissu dans l'espace réservé au loquet. Au même instant, la porte vient cogner contre la tête de Tom.

Le garde entre et voit le garçon étalé sur le sol.

— Tu voulais t'évader, hein ? ricane-t-il. Personne ne s'échappe d'ici, gamin !

L'homme pose une assiette de bouillie froide sur les dalles et ressort de la cellule, sans oublier de verrouiller derrière lui. Tom attend que ses pas s'éloignent pour vérifier la porte. Il tourne la poignée tout doucement... et la porte s'ouvre ! Le morceau de tissu a bloqué le loquet: son plan a marché !

Il jette un coup d'œil à l'extérieur.

Personne en vue.

Avec prudence, il remonte le couloir et se dirige vers la sortie. Tout est silencieux. Il entre dans la grande pièce qu'il a traversée avec Adam. Elle semble déserte.

Tout à coup, il entend des pas...

Tom se fige. Où va-t-il se cacher? Il se précipite vers un recoin sombre. Au même instant, un garde entre dans la pièce.

— Je vais voir si les prisonniers se tiennent tranquilles, dit-il à un autre homme, resté à l'extérieur.

Paniqué, Tom ne sait plus quoi faire. Le garde va s'apercevoir de sa disparition !

Impossible de fuir par la porte, qui est surveillée par un autre garde.

Il se retourne et se rend compte qu'il est accroupi au pied d'un escalier en colimaçon plongé dans le noir. Le garçon grimpe les marches, sans savoir où elles le mènent. Il avance à tâtons et découvre bientôt une ouverture dans le mur, fermée par des volets. «Une fenêtre... Et si j'essayais de passer par là?»

Au même instant, il entend le garde crier :

— Le gamin s'est enfui!

— Il a dû prendre l'escalier! répond un autre.

Tom entend les deux hommes se rapprocher. Il ouvre les volets et se retrouve sur un petit balcon. Il risque un coup d'œil dans la rue. Aucun garde en vue.

Comment descendre? Sauter serait trop risqué. Si seulement il avait son bouclier pour le protéger! Tom hésite encore, quand il entend un bruit au loin.

Un martèlement de sabots résonne dans la nuit...

Chapitre cinq

Victor

« Et si c'était Tagus ? » se demande Tom, effrayé.

Il s'accroupit sur le balcon et observe la rue. Il voit une silhouette surgir de l'obscurité. Soudain, le garçon reconnaît le cheval et sa cavalière : ce sont ses amis, Tempête et Elena, suivis de Silver !

— Elena ! lance Tom à voix basse.

La jeune fille s'arrête sous le balcon.

— Tom? Tout va bien?

— Oui! Mais ça irait encore mieux si tu m'aidais à descendre de là!

Elena prend une corde attachée à la selle du cheval.

— Attrape!

Tom s'empare de la corde et l'attache au balcon. Il hésite un instant, car avant de partir, il aimerait récupérer son épée et son bouclier. Mais il entend les gardes qui se rapprochent.

— Dépêche-toi! chuchote Elena.

— Le voilà ! hurle un garde qui vient d'apparaître à la fenêtre.

Tom n'a plus d'autre choix : il attrape la corde et se laisse glisser vers le bas. Il atterrit sur la selle de son cheval.

— En route !

Ils galopent à travers les rues désertes et se retrouvent bientôt dans les plaines. Une fois qu'ils se sont éloignés de la ville, ils s'arrêtent.

— Merci, dit Tom à son amie. Sans toi, je n'aurais pas pu m'évader !

— Quand j'ai vu qu'ils t'emmenaient, je me suis inquiétée, explique Elena. Mais j'ai préféré attendre la nuit pour venir t'aider.

La nuit est claire et les étoiles brillent dans le ciel. Dans la plaine, tout est tranquille.

— Personne ne nous a sui-
vis, constate Tom, soulagé.

Tout à coup, ils entendent
un gémissement. Ils s'appro-
chent et découvrent, derrière
des buissons, un garçon age-
nouillé sur le sol. Il a un gros
bleu sur le front.

— Bonjour ! Qu'est-ce que
tu fais là ? demande Tom.
Comment tu t'appelles ?

— Je m'ap...p...pelle Victor, bafouille le garçon.

— Victor ? C'est toi, le fils
d'Adam ?

Le garçon fait oui de la tête.
Il semble avoir très mal.

— Ton père te cherche
depuis hier ! Qu'est-ce qui
t'est arrivé ?

— Je surveillais le trou-
peau... quand j'ai été attaqué
par l'homme-cheval...

— Tu es sûr que c'était lui ?
demande Elena.

— Je l'ai vu ! répond Victor.
Quand j'étais petit, ma mère
me racontait souvent l'histoire

de Tagus, l'homme-cheval...
Je croyais que c'était une
légende !

— Tu es blessé, fait observer
Tom. C'est lui qui t'a fait ça ?

— Oui, il m'a donné un
coup de sabot ! Je me suis éva-
noui... et quand je me suis
réveillé, la plaine était en feu.
J'ai voulu fuir, mais j'ai trébu-
ché et je suis tombé. Je crois
que j'ai une jambe cassée...
ajoute le garçon, en grima-
çant de douleur.

— On va te ramener en
ville. Mais pour l'instant, il
faut qu'on se repose, dit Tom.

Ils dressent leur camp, mangent un poisson qu'Elena a pêché, puis s'installent pour la nuit. Mais Tom ne trouve pas le sommeil.

Soudain, un bruit le fait sursauter : un long gémissement qui résonne au loin. Un cri à la fois triste et furieux. On dirait Tagus...

Le garçon sait qu'ils doivent délivrer l'homme-cheval du sortilège avant qu'il attaque de nouveau le bétail. Sinon, il blessera quelqu'un d'autre...

Chapitre six

De retour en ville

Il ne fait pas encore jour, mais Tom et Elena sont déjà debout. Victor ne va pas bien du tout, il a besoin de voir un médecin. Ils doivent partir sans attendre. Elena aide Tom à hisser le jeune garçon sur Tempête.

Quand ils arrivent en ville, il est encore tôt, mais les habitants sont déjà dans les rues. Certains semblent inquiets. D'autres sont en larmes. Tous paraissent bouleversés.

— Qu'est-ce qui se passe ? demande Tom à un jeune homme.

— Un autre troupeau a été attaqué cette nuit ! Les bêtes se sont affolées et sont parties au galop. Deux villages ont été détruits !

Au même instant, quelqu'un s'écrie :

— C'est le prisonnier !

Tous les regards se tournent vers Tom et ses amis.

— Regardez ! Victor est avec eux !

Avant d'avoir le temps de pouvoir s'expliquer, Tom est encerclé par une foule en colère.

Un garde s'approche… il reconnaît Tom.

— C'est le garçon qui a mis le feu à la plaine !

Un homme s'empare des rênes de Tempête. Un deuxième aide Victor à descendre de cheval. Un troisième oblige Tom à mettre pied à terre.

— C'est quoi, ce vacarme ?

demande soudain une voix grave.

À la vue d'Adam, le chef de gardes, tous se taisent et s'écartent.

— On a retrouvé le prisonnier qui s'est évadé cette nuit, explique le garde. Votre fils était avec lui.

Adam voit son fils, allongé par terre.

— Victor ! s'écrie-t-il. Tu es vivant !

Il se précipite vers lui et le prend dans ses bras. Puis, les yeux brillants de colère, il se tourne vers Tom.

— Qu'est-ce que tu as fait à mon fils ? Réponds !

— Papa... non... dit Victor d'une voix faible. Tom n'y est pour rien... Il m'a sauvé.

Un murmure de surprise parcourt la foule.

— Relâchez le garçon, dit soudain Adam. Et qu'on aille

chercher un médecin pour mon fils ! Je suis désolé, dit-il à Tom. Je n'aurais pas dû te mettre en prison.

Il lui tend la main et Tom accepte de la serrer.

— Tu mérites une récompense. Demande-moi ce que tu veux !

— Je n'ai pas besoin de récompense, répond Tom. J'aimerais seulement récupérer mon épée et mon bouclier...

Adam fait signe à l'un des gardes. Celui-ci part en courant vers la prison et revient avec les affaires de Tom.

— Merci, lui dit le garçon.

Il rengaine son épée et accroche le bouclier dans son dos. Maintenant, il se sent prêt à affronter Tagus…

Mais comment faire pour le trouver ? Tout à coup, il a une idée.

— Si vous êtes d'accord, mon amie Elena et moi, on vous aidera à surveiller un troupeau la nuit prochaine, dit-il au chef des gardes.

— C'est gentil de votre part, réplique Adam. Mais ça peut être dangereux…

Un homme s'avance vers eux.

— Mon voisin et moi, nous emmenons notre bétail dans une autre ville pour le vendre au marché. La route est longue et votre aide sera bienvenue, dit-il à Tom.

Il lance pourtant un regard angoissé vers Silver.

— Mais vous avez un énorme chien…

— C'est un loup, répond joyeusement Elena. Mais ne vous inquiétez pas, il est bien dressé ! Aucun risque qu'il s'en prenne à vos vaches…

— Parfait, dit l'homme. Rendez-vous demain, à l'aube.

Chapitre sept

En route !

Le lendemain matin, Tom et Elena se rendent jusqu'à la sortie de la ville, où le troupeau les attend.

Le bétail se met lentement en marche. Tom est surpris de voir tant d'animaux à la fois ! L'air est rempli de leurs meuglements et des tintements des cloches qui pendent autour de leur cou. Tom,

Elena, Tempête et Silver trouvent une place à l'arrière. Silver court devant eux en poussant des jappements excités. Certains veaux s'écartent nerveusement, mais peu à peu, les vaches s'habituent à la présence du loup.

Tom n'arrête pas de surveiller l'horizon. Il se demande quand Tagus va se montrer… Soudain, il découvre des empreintes de sabots sur le sol.

— Regarde, chuchote-t-il à Elena. Tagus est passé par là !

— Ça pourrait être un simple cheval…

— Mais non, ces empreintes sont trop larges. La Bête ne doit pas être très loin… ajoute le garçon, en frissonnant.

Quand le soleil se couche, le troupeau s'arrête.

— On va camper ici, leur dit un des hommes. Il y a une rivière où le bétail peut boire.

Elena propose de s'éloigner un peu pour mieux surveiller le campement pendant la nuit.

— Bonne idée ! répond Tom.

Ils s'installent au bord de la rivière, à l'écart des autres, et font un feu.

— L'un de nous va monter la garde, dit le garçon. Essaie de dormir un peu.

— D'accord, réplique Elena en s'allongeant près du feu, à côté de Silver. Mais n'oublie pas de me réveiller !

Tom attend que son amie s'endorme, puis grimpe en haut d'un arbre. Il s'assoit sur une branche et observe les plaines. La brume s'est levée et il voit à peine le bétail.

Les heures passent, mais rien ne vient troubler le silence.

Le jour va bientôt se lever.

Soudain, Tom aperçoit une silhouette, de l'autre côté de la rivière.

— Tagus! murmure le garçon.

Terrifié, Tom n'arrive plus à détacher son regard de cette Bête mi-homme, mi-cheval. Il la voit se dresser sur ses pattes arrière et l'entend pousser un rugissement qui ressemble à un cri de guerre.

Elena se réveille en sursaut.

— Qu'est-ce qui se passe?

Au même instant, Tagus part au galop. Le sol vibre sous ses sabots.

Tom descend de l'arbre aussi vite qu'il peut.

Il a attendu ce moment toute la nuit!

Chapitre huit

La traversée de la rivière

On doit obliger Tagus à
s'éloigner du troupeau! dit Tom.
Il ne faut pas qu'il traverse la
rivière!

Ils cherchent le propriétaire du
bétail et le trouvent endormi
devant un feu, emmitouflé dans
une couverture. Elena prend une
corde qui est posée près du feu
et la passe autour de son épaule.

— On va de quel côté ?
demande-t-elle.

Tagus a disparu, mais Tom
sait qu'il n'est pas loin.

Soudain, le monstre surgit
de la brume. Il est toujours
sur l'autre rive. Il frappe
furieusement le sol de ses
sabots. Il se prépare à attaquer et semble attendre le
bon moment... Il n'y a plus
un instant à perdre ! Tom
s'approche du bord de l'eau
et essaie de ne pas penser à la
peur qui monte en lui.

— Attend qu'il arrive
jusqu'à nous ! dit Elena en

attrapant son ami par le bras.

— Non! S'il vient sur cette rive, il va s'attaquer au troupeau! On doit l'empêcher de traverser...

— Tu as une idée?

— J'ai laissé mon épée et mon bouclier au campement...

— Tiens, prends la corde, dit Elena. Ça peut servir...

Tom se hisse sur Tempête. Le cheval pousse un petit hennissement nerveux.

— Tu sais, lui dit Tom en tapotant sa crinière, moi aussi, j'ai très peur... Mais j'ai besoin de toi. Tu as réussi à courir plus vite que Ferno, le dragon de feu… tu es capable de courir plus vite que Tagus, j'en suis sûr !

À ces mots, Tempête part au galop et plonge dans la rivière. L'eau est glaciale et le courant rapide, mais le cheval avance courageusement.

Tom a le temps d'observer Tagus et son regard est attiré par un objet brillant sur l'un des sabots de la créature : un fer à cheval en or.

« C'est avec cet objet que Malvel a dû l'ensorceler », songe le garçon.

70

Comment va-t-il réussir à lui ôter ce fer à cheval?

Chapitre neuf

Poursuite dans les collines

Tandis que Tempête s'approche de la rive, le garçon forme un lasso avec sa corde. Avec un peu de chance, il pourra maîtriser Tagus... À bout de souffle, le cheval arrive sur la terre ferme. Sur l'autre rive, Silver pousse un hurlement de soulagement.

Tagus les a repérés et se dirige maintenant vers eux. Malgré sa terreur, Tom se prépare à l'affronter. Il fait tournoyer son lasso au-dessus de sa tête...

Quand Tagus accélère et se met à charger… !

Tom fait tourner son lasso. Puis le lance en direction de la Bête qui arrive au galop. La corde retombe autour du cou de Tagus !

Tempête, qui a compris le plan du garçon, fait demi-tour pour entraîner le monstre derrière lui. Mais Tagus tire brutalement en sens inverse. Tom est aussitôt éjecté de son cheval et s'étale sur le sol. Le souffle coupé, il n'a pas le temps de réfléchir : le monstre part au galop et le traîne der-

rière lui ! Tom est obligé de lâcher la corde, par peur de se blesser.

Tagus s'arrête à son tour et
se dresse sur ses pattes arrière :
mais il ne parvient pas à se

débarrasser de la corde ! Ses
cris de rage résonnent dans la
plaine.

Tom se relève et se place

face à l'homme-cheval. Il le
regarde droit dans les yeux.

Privé de ses armes, le garçon n'a d'autre choix que de

foncer droit sur Tagus. La Bête l'imite. Tom se demande s'il pourra survivre à ce choc : Tagus est cinq ou six fois plus lourd que lui ! Sans parler de sa force légendaire...

Mais le garçon a un plan : au dernier moment, il plonge au sol et se retrouve sous les sabots de l'animal. Là, il attrape la corde qui traîne par terre. Il se redresse en la serrant bien fort. Et il se met à courir autour de la créature. Tagus a beau rugir et lancer des coups de sabot dans le vide, il se retrouve

bientôt les quatre pattes liées. Mais soudain, son énorme main retombe avec violence sur la tempe de Tom !

Chapitre dix

Le sortilège de Malvel

Tom cligne des yeux. Il a la tête qui tourne. Horrifié, il sent la corde glisser lentement entre ses doigts... Les pattes de Tagus se libèrent et Tom a beaucoup de mal à éviter les coups de sabot que la créature tente de lui donner.

Le garçon pose les yeux sur le fer à cheval en or. Si seulement il pouvait l'atteindre...

Soudain, il aperçoit une silhouette à l'horizon... c'est Tempête et Elena ! Elle porte son épée et son bouclier et Silver court à leurs côtés.

— Lance-moi mon épée ! crie Tom à son amie. Et essaie d'attirer son attention ...

Elena lui envoie son épée et se rapproche de la Bête, tandis que Silver bondit de l'autre côté. Tagus, troublé, ne sait plus qui il doit attaquer. Tom s'aperçoit que le fer à cheval maléfique se détache du sabot du monstre. Comment faire pour le lui enlever ?

Ils se rapprochent de plus en plus de la rivière. Ils doivent absolument arrêter Tagus !

— Elena ! Barre-lui la route ! crie le garçon.

La jeune fille encourage Tempête à accélérer l'allure. Ils doublent Tagus et se placent devant lui. La Bête est elle aussi obligée de s'arrêter.

Une occasion inespérée ! Tom glisse la pointe de son épée dans le fer à cheval étincelant et la fait tourner. Tout à coup, le fer à cheval se détache du sabot de Tagus et disparaît dans une explosion de fumée bleue.

Tagus pousse un dernier hurlement de colère.

— On a réussi ! s'exclame Elena. Bravo, Tempête, ajoute-t-elle en caressant la crinière du cheval.

À bout de souffle, Tom s'appuie sur le pommeau de son épée. Il baisse les yeux vers le sol et voit un objet doré en forme de croissant. Un morceau du fer à cheval magique !

Il le ramasse et le met dans sa poche. Il lève les yeux vers la Bête. Il n'est pas encore vraiment rassuré, même s'il sait que Tagus n'est plus ensorcelé. Mais ce dernier incline la tête et salue Tom et Elena. Puis, il se tourne vers Tempête et lui caresse le museau.

Tout à coup, Tom aperçoit une silhouette qui se déplace discrètement en direction du troupeau. Un puma !

Tagus tourne la tête, frappe le sol de ses sabots avant et s'élance de l'autre côté de la rivière. À sa vue, le prédateur terrifié fait demi-tour et fuit à toutes jambes.

— Il va pouvoir à nouveau protéger les troupeaux des plaines, dit Tom en souriant, qui regarde la Bête s'éloigner au galop.

Il tire le morceau de fer à cheval de sa poche et le place contre son bouclier, près de l'écaille de Ferno.

Une fumée étincelante apparaît autour de Tom, et Aduro surgit devant lui.

— Bravo, lance le sorcier. Vous avez réussi à libérer une autre Bête !

Elena et Tom se regardent. Ils sont tous les deux très fiers.

— Nous avons fait de notre mieux, répond le garçon.

— Avantia vous doit beau-
coup, dit le sorcier. Je vois
que tu as trouvé un morceau
du fer à cheval de Tagus.

— À quoi est-ce qu'il va me
servir ?

— Il t'offre le don de la
rapidité. Mais fais attention à

tes pouvoirs, ne les utilise que si nécessaire…

— Quelle est notre prochaine quête? demande Elena.

— Vous devez partir dans le grand nord… Là où vit Nanook, le monstre des neiges. Il détruit les plaines et les plantes médicinales qui y poussent… les clans qui habitent là-bas sont en danger.

Tom sert plus fort le pommeau de son épée et lève son bouclier.

— Je remplirai cette mission!

— Tu ressembles vraiment à ton père… dit Aduro.

— Ah bon? Vous le connaissez?

Mais le sorcier se contente de lui lancer un sourire mystérieux avant de disparaître dans la brume.

— On affrontera Nanook ensemble, dit Elena à son ami.

— Dans ce cas, qu'est-ce qu'on attend? s'écrie Tom. En route!

Fin

Tagus, l'homme-cheval, ne menacera plus les habitants des plaines et leurs troupeaux : Tom et Elena ont réussi à le libérer du sortilège de Malvel, le sorcier maléfique.

Mais leurs aventures sont loin d'être achevées... Aduro le sorcier leur a confié une nouvelle quête : ils doivent maintenant partir à la recherche d'un monstre qui vit dans le grand nord, Nanook.

Réussiront-ils à affronter cette créature ?

Découvre la suite des aventures de Tom dans le tome 5 de **Beast Quest** :

LE MONSTRE DES NEIGES

Plonge-toi dans toutes
les aventures de Tom à Avantia !

**LE DRAGON
DE FEU**

**LE SERPENT
DE MER**

**LE GÉANT
DES MONTAGNES**

**L'HOMME-
CHEVAL**

**LE MONSTRE
DES NEIGES**

**L'OISEAU-
FLAMME**

**LES DRAGONS
JUMEAUX**

**LES DRAGONS
ENNEMIS**

**LE MONSTRE
MARIN**

LE SINGE GÉANT

L'ENSORCELEUSE

**L'HOMME-
SERPENT**

**LE MAÎTRE
DES ARAIGNÉES**

**LE LION
À TROIS TÊTES**

**L'HOMME-
TAUREAU**

**LE CHEVAL
AILÉ**

**LE SERPENT
MARIN**

**LE CHIEN
DES TÉNÈBRES**

**LE SEIGNEUR
DES ÉLÉPHANTS**

**L'HOMME-
SCORPION**

**LA CRÉATURE
MALÉFIQUE**

**LE SPECTRE
DU CHEVAL**

**LE TROLL
DES CAVERNES**

LE LOUP-GAROU

**LE DRAGON
DE GLACE**

**LA PANTHÈRE-
FANTÔME**

AVENTURES
SUR
MESURE

**LE CHAUDRON
MAGIQUE**

**LE POIGNARD
MAGIQUE**

Table

1. Des sabots par milliers 13

2. Piégés ! 23

3. Prisonnier ! 31

4. L'évasion 37

5. Victor 45

6. De retour en ville 53

7. En route ! 61

8. La traversée de la rivière . . . 67

9. Poursuite dans les collines . . 73

10. Le sortilège de Malvel 83

PAPIER À BASE DE FIBRES CERTIFIÉES

hachette s'engage pour l'environnement en réduisant l'empreinte carbone de ses livres. Celle de cet exemplaire est de : 350 g éq. CO₂ Rendez-vous sur www.hachette-durable.fr

Photogravure Nord Compo - Villeneuve d'Ascq

Imprimé en Espagne par CAYFOSA
Dépôt légal : octobre 2008
Achevé d'imprimer : octobre 2016
20.1540.2/14 – ISBN 978-2-01-201540-1
Loi n° 49956 du 16 juillet 1949
sur les publications destinées à la jeunesse